Gweidd Dangos a Dweud

n gan   Lluniau gan

K... gnew Lydia Monks

Addasiad gan Elin Meek

Bananas Gwyrdd

Cyhoeddwyd 2005 gan Wasg y Dref Wen,
28 Ffordd yr Eglwys, Yr Eglwys Newydd,
Caerdydd CF14 2EA, ffôn 029 20617860.
Cyhoeddwyd gyntaf yn y Deyrnas Unedig yn 2004
gan Egmont Children's Books Limited,
239 Kensington High Street, Llundain W8 6SA
dan y teitl *Shout, Show and Tell*.

Testun © Kate Agnew 2004
Lluniau © Lydia Monks 2004
Y mae'r awdur a'r arlunydd wedi datgan eu hawl foesol.
Y fersiwn Gymraeg © 2005 Dref Wen Cyf.
Argraffwyd a rhwymwyd yn yr Eidal.

Carys

Siôn

Lowri

I Alice a'i ffrindiau i gyd
yn Ysgol Bounds Green
K.A.

Carys

Ddydd Llun gofynnodd Mrs Huws
i'r plant siarad am eu penwythnos.

Cododd Carys ei llaw. Ond Siôn, Alys

a Jac ddewisodd Mrs Huws.

Cnôdd Carys ei hafal yn swnllyd.

Roedd ei dant yn teimlo braidd yn

rhyfedd.

Ddydd Mawrth roedd y wers chwaraeon.

Doedd Carys ddim eisiau neidio'n uchel

rhag ofn i'w dant siglo'n fwy hyd yn oed.

Dere, Carys!

Ddydd Mercher buodd Llŷr yn pwyntio at y llythrennau er mwyn i bawb ganu cân yr wyddor.

Canodd Carys yn dawel iawn oherwydd ei dant.

Ddydd Iau roedd Carys wir eisiau

golchi'r brwshys paent. Dywedodd

Mrs Huws mai tro Gwyn oedd hi.

Gofal, Gwyn!

Ddydd Gwener roedd dosbarth Mrs
Huws yn dod â rhywbeth i'w ddangos
wrth fwyta eu ffrwythau.

13

Roedd Carys wedi anghofio dod â rhywbeth. Roedd hi'n teimlo'n flin a chrac.

Rhoddodd Mrs Huws afal iddi.

'Dyma ti,' meddai, 'cymera ddarn o

hwn.'

Cnôdd Carys ddarn o'r afal. Siglodd ei dant, a siglo eto.

Yna dyma'r dant yn dod allan, pan oedd pawb yn adrodd eu hanes.

Cododd Carys ei llaw.

'Os gwelwch chi'n dda, Mrs Huws,' meddai. 'Mae gen i rywbeth i'w ddangos.'

A gofynnodd Mrs Huws i Carys gyntaf.

Hwrê!

Siôn

Roedd Jac a Daniel yn chwarae yn y jyngl.
Rhedodd Siôn i mewn gyda'i
ddeinosoriaid. Roedden nhw'n gwneud sŵn
rhuo mawr.

'Siôn,' meddai Mrs Huws. 'Wnei di
chwarae'n dawel, os gweli di'n dda?'

Aeth Siôn i weld Alys a Dewi yn y tŷ bach twt. Deffrodd e'r babi a gwneud llanast o'r dillad gwisgo.

'Siôn,' meddai Mrs Huws. 'Wnei di chwarae'n neis?'

Roedd Beca'n gwneud swigod yn y tanc dŵr. Roedd Siôn yn meddwl y byddai llosgfynydd yn fwy o hwyl. Dyma fe'n rhoi paent coch yn y botel.

'Siôn,' meddai Mrs Huws. 'Fe fydd rhaid i ti aros yn y dosbarth amser chwarae i dacluso.'

Rhoddodd Siôn y paent yng
nghornel y cwpwrdd.

Daeth Mrs Huws i weld.

'Da iawn ti,' meddai. 'Fe gei di fynd i chwarae nawr.'

Ond roedd drws y cwpwrdd yn sownd. Roedd Siôn yn sownd y tu mewn. Roedd Mrs Huws yn sownd hefyd.

O, diar!

'Siôn,' meddai Mrs Huws. 'Dwi'n

credu bod well i ti ddechrau gweiddi.'

Tynnodd Siôn anadl ddofn.

Dyma fe'n esgus bod yn llew a

rhuo'n uchel iawn.

Daeth Miss Williams ac agor y drws

â sgriwdreifar.

'Bobol bach!' meddai.

'Oedd ofn arnoch chi?'

'Nac oedd,' meddai Mrs Huws. 'Ddim gyda Siôn fan hyn yn gallu gweiddi am help.'

Lowri

36

Roedd dosbarth Mrs Huws yn gwneud llyfrau. Roedd rhaid iddyn nhw dynnu llun eu cartrefi a'r bobl oedd yn byw yno.

Tynnodd Carys lun ei mam a'i thad
a'i brawd a'i chwaer fach newydd.

Tynnodd Dewi lun ei fam a'i dad

a'i frodyr. Yna tynnodd lun ei

fodryb a'i ddau gefnder, oedd yn

dod i aros gyda fe weithiau.

Tynnodd Jac lun ei fam a'i dad a'i gath a'i gi a'i bysgodyn a'r ddynes sy'n dod i warchod weithiau.

Tynnodd Lowri lun ei mam a'u fflat
nhw, gyda phowlen fawr o flodau.
Roedd hi'n teimlo braidd yn drist.

'O diar, Lowri,' meddai Mrs Huws.

'Dwyt ti ddim wedi gwneud llawer,

wyt ti?'

Dechreuodd Lowri grio.

Buodd Mrs Huws yn meddwl. Rhoddodd

gwtsh i Lowri a darn newydd o bapur.

Yna dyma hi'n sibrwd yng nghlust

Lowri.

Amser chwarae roedd Lowri'n dal
wrthi'n brysur. Ond roedd hi'n barod
pan ddaeth hi'n amser dangos y lluniau.

Wedi gorffen!